DÉVOUEMENT

DES

MÉDECINS FRANÇAIS

ET DES

SŒURS DE SAINTE-CAMILLE,

POÈME

ENVOYÉ AU CONCOURS DE L'ACADÉMIE AVEC CETTE ÉPIGRAPHE:

« . . .Jubes renovare dolorem! »

PAR M. LE CHEVALIER Alex. DE QUERELLES,

LIEUTENANT EN CONGÉ ILLIMITÉ, AUTEUR D'UNE PIÈCE DE VERS INSPIRÉE PAR L'HEUREUSE
NAISSANCE DE S. A. R. LE DUC DE BORDEAUX,

ET D'UNE ODE A L'OCCASION DU BAPTÊME DE S. A. R., AGRÉÉES TOUTES DEUX PAR SON AUGUSTE MÈRE.

PRIX : 1 f. 5o c.

A PARIS,

CHEZ PONTHIEU, LIBRAIRE, PALAIS-ROYAL.

1822.

ARGUMENT.

Alonzo, Catalan, a perdu son épouse, morte de la fièvre jaune à
Barcelone. Il croit que sa fille Inès a également succombé au même
fléau. Accablé de douleur, il erre la nuit dans les environs soli-
taires de cette ville. Les gémissemens d'une femme le frappent: il
approche, il écoute: bientôt il reconnaît sa fille qui pleure sur le
tombeau de Mazet.

Comment suis-je debout sur ces vastes ruines ?
Qui m'a donc préservé des vengeances divines ?
Demandais-je des jours qu'exécrait mon orgueil ?
Je poursuivais la Mort, j'ai vu fuir le cercueil !
Qui pourra mettre un terme à ma douleur profonde ;
Sans épouse, sans fille, et seul!... seul, dans le monde...?
En vain j'appellerai ces doux objets d'amour,
Hélas ! ils ont passé comme la fleur d'un jour.
A tout ce que j'aimais, je me vois donc survivre ?
Lorsque je veux mourir... l'on me condamne à vivre,
Et dans quels lieux encor?... Dans des lieux tout fumans,
Où je ne vois épars que cendres, qu'ossemens.
Ah ! le désordre affreux de la nature entière,
Tous les fleuves taris, les tremblemens de terre,
Les autans déchaînés, l'aspect des noirs corbeaux,
Ne m'avaient-ils donc point annoncé tous mes maux ?

Tous ces avis du ciel me semblaient des mensonges ;
Dans ces pressentimens je voyais de vains songes :
Le poids de mes chagrins fatiguait mon sommeil ;
Les pleurs, l'effroi, la Mort, surprirent mon réveil :
La Parque a dans un jour deux fois tranché ma vie....
Avec sa mère, hélas ! Inès me fut ravie :
Inès !... En vain mon cœur veut encor t'appeler....
Si tu vivais ta voix m'aurait su consoler.
    N'était-ce point assez qu'un fléau redoutable,
Ce frère de la Mort, et non moins implacable,
Des maux de tous les miens, faisant mon avenir,
M'offrît pour aliment un si noir souvenir ?
Je l'ai vu lentement tracer à tout un âge
De la vie à la mort le rapide passage :
Les arts, l'amour, l'honneur ne purent l'émouvoir ;
D'un siècle, en un seul jour, il a tari l'espoir :
Il sut me rappeler ces illustres batailles,
Ces funestes succès n'offrant que funérailles,
Où, par d'affreux tributs de tout âge et tout rang
La Mort se délectait dans une mer de sang.
Adieu, toit paternel, adieu, bocages sombres !
Au désert, sur mon cœur, pressez-vous, pâles ombres !
Avec mes souvenirs, en butte aux coups du sort,
Comme un bienfait du ciel j'invoquerai la Mort.
Voyageur fatigué d'un pénible voyage,
Je ne redoute plus les horreurs du naufrage ;
Que le monde s'écroule au milieu du fracas,
Sur ma tête sans peur j'appelle ses éclats !

Me faudra-t-il un jour implorer l'assistance
D'un peuple que mon cœur vouait à la vengeance ?
Irai-je donc chez lui, rabaissant ma fierté,
Ronger le pain amer de l'hospitalité ?
Chez des Français ! devrais-je en avoir la pensée ?
Non, mon âme à ce point ne peut être abaissée....
Eh ! n'est-ce plus ici qu'ils ont porté leurs pas ?
N'est-ce donc plus l'honneur qui sut armer nos bras ?
Ils ont vu ce qu'enfante un courage sublime :
L a Victoire lassée a creusé leur abyme ;
A leur tour, ces vainqueurs, jusqu'alors invaincus,
Ont trouvé les revers sans en être abattus.
D'un trop juste courroux pourrai-je me défendre !
Ne me souvient-il plus de ma patrie en cendre ?
Ai-je donc oublié les maux qu'elle a soufferts ?
Ils voulaient, les cruels, nous préparer des fers :
En nous serrant la main, ils forgeaient notre chaîne.
L'humanité s'endort où s'éveille la haine.
Nous pouvions nous unir pour cimenter le bien :
Non, jamais entre nous il n'est plus de lien.
Mais quel frisson mortel glace mon âme émue !
Le voile de la nuit s'étend-il sur ma vue ?
Je fixe en vain le Ciel, il n'a plus son azur :
Les astres ont pâli, l'air me semble moins pur.
Tout se trouble à mes yeux... tout prend un aspect sombre :
Au pied de noirs cyprès je vois errer une ombre...
Se peut-il ?... une femme !... à cette heure... en ce lieu !
Elle prie.... elle n'a de confident que Dieu.

Quel pouvoir inconnu vient m'entraîner vers elle ?
Quelle secrète voix me dit : elle t'appelle !
A l'orage du cœur a succédé la paix ;
Elle parle, écoutons....

               « Infortuné Français
« Qui laissas à la terre un si touchant exemple,
« Avec quel noble orgueil l'Univers te contemple ! »
— Me voilà donc vengé !...

              « Qui suspend mes transports ?
« Quel barbare a troublé jusqu'aux cendres des morts ?
« Oses-tu profaner la vertu dans la tombe !
« Fuis, la fureur t'égare....

               — Hélas mon cœur succombe....
Ces accens... cette voix... que dis-je ? elle n'est plus !
Inès !... Inès !...

          « O ciel ! »

             « — De tes sens éperdus,
Alonzo qui pourrait....

            « Sens ruisseler mes larmes !
   « Dieux serait-ce....

         « Mon père, ô moment plein de charmes ! »
— N'est ce point une erreur ! Inès auprès de moi !
Ah ! oui, j'en crois mes yeux ! oui, ma fille, c'est toi :
Lorsque je te pleurais, par quel nouveau prodige,
Comme la fleur des champs, renais-tu sur ta tige ?
A qui dois-je l'espoir de ma félicité ?
« — Au martyr de l'honneur et de l'humanité :
« C'est ici, qu'il renonce à sa douce patrie,

« C'est au prix de ses jours qu'il me rend à la vie !
« Pour combattre la Mort il n'a point de repos ;
« Et vainqueur glorieux, il expire en héros.
« A la faible lueur qui perce les ténèbres,
« Frissonne, pleure, vois ces monumens funèbres !
« Sous des saules tremblans, sous des cyprès en deuil,
« Sur ce tertre ennobli, son trône est un cercueil.
« Ah ! quel esprit céleste enchante ce bocage !
« Quelle divinité sourit à mon hommage !
« Et tu pourrais, mon père, en déchirant mon cœur
« Oublier ce qu'il fut, outrager ma douleur !
« Destine à ce Français une autre récompense....
« Sois au moins de moitié dans ma reconnaissance.

« Ne te souvient-il plus du tableau repoussant
« Où la Mort s'avançait sur son char rugissant ?
« Debout, à ses côtés, l'affreuse Fièvre-jaune
« Tient la faulx redoutable, entre dans Barcelone :
« Vois sa marche lugubre et son triste appareil !
« Vois un crêpe funèbre obscurcir le soleil !
« En vain la terre en pleurs appelle la rosée,
« Par un sang corrompu la terre est arrosée ;
« Mille fois en un jour déposant son fardeau,
« Pour tous le char sinistre est le premier tombeau ;
« Seul, il roule effrayé d'un horrible silence ;
« Pour la première fois succombe l'espérance :
« Aux pieds des saints autels expire la pitié,
« Il n'est plus de liens, il n'est plus d'amitié.

« Le cœur n'a plus de voix, l'amour perd son empire ,
« A côté du mourant personne ne soupire.
« L'égoïsme triomphe.... et loin du sol chéri
« Chacun épouvanté cherche un nouvel abri ;
« La crainte est la plus forte.... on déserte la ville :
« Dans le commun effroi l'humanité s'exile.
« Mais quel contraste heureux ! des anges protecteurs
« Volent vers nos cités en doux consolateurs.
« D'où viennent ces martyrs, de nos fléaux avides ?
« Seraient-ce des guerriers, des héros intrépides ,
« Qui vont léguer leurs jours à l'immortalité ?
« Ah ! sous des traits mortels, c'est la Divinité :
« C'est te nommer des Sœurs, Hyppocrate propice ,
« Que la France éplorée envoie au sacrifice.
« A ses amis , Mazet a présagé leur sort....
« Mais loin de reculer.... ils volent à la mort !
« Admire ainsi que moi leur âme peu commune ;
« Bien moins haut que la gloire' ils placent la fortune ;
« Le plus pauvre d'abord est visité par eux :
« Qu'importe son pays puisqu'il est malheureux ?
« Ah ! viens, transporte-toi, suis-les près de ma mère ,
« Sur leurs soins si touchans , hélas, pleure, mon père !
« Leur art les a trahis.... ils n'ont pu la sauver,
« Et de son lit de mort, j'ai pu me relever !
« Je lui tendais les bras, et d'une voix mourante :
« Adieu ! disais-je , ô mère, adieu ! je suis contente ,
« Puisque le ciel permet que je meure avant toi.
« Dans ce moment cruel d'agonie et d'effroi,

« Le frisson de la mort appesantit ma vue ;
« Je me sentais errer au loin comme la nue :
« Qu'entends-je tout à coup ? que vois-je à mes côtés !
« Comment ai-je repris mes sens épouvantés ?
« Ai-je donc pu revoir la lumière importune !
« Espagne , voile-toi , pleure ton infortune.
« J'ai vu tes citoyens l'un sur l'autre entassés :
« Près des morts, les mourans se tenaient embrassés ,
« Vaincus par le fléau traînaient sous nos murailles
« Ceux qu'avait respecté le bronze des batailles.
« Averti par le Temps, jaloux d'un dernier jour ,
« L'incrédule vieillard s'endormait sans retour.
« Auprès de son amant la vierge d'hyménée
« Tombait comme la fleur que l'orage a fanée ;
« L'enfant exténué levant les yeux au ciel
« Suçait le lait tari dans le sein maternel.
« On entendait des cris, et des voix déchirantes :
« La fièvre s'exhalait des lèvres délirantes ;
« Une teinte livide, affectant le regard
« Donnait un aspect sombre à l'œil terne et hagard :
« Dans les airs, les vautours font éclater leur joie :
« Aussi prompts que la foudre, ils emportent leur proie :
« Les monstres de la mer, sur ses bords embrumés ,
« Font bouillonner les flots, accourent affamés :
« Ils bondissent après leur infecte pâture :
« Des miasmes mortels soulèvent la nature :
« Des hurlemens plaintifs dans les quartiers déserts
« Proclament nos douleurs, attristent l'univers !

« Oh ! que de longues nuits, que de jours déplorables !

« Mes yeux purent-ils voir ces scènes lamentables ?

« Devaient-ils se rouvrir sur ces trop noirs tableaux ?

« Qui vint donc m'arracher aux horreurs des tombeaux ?

« Qui vint humer la mort sur mes lèvres éteintes ?

« Ce fut vous, ô Mazet ! De cruelles atteintes

« Devaient-elles frapper si jeune un bienfaiteur ?

« Fallait-il, ô mon Dieu, que le consolateur,

« Cet enfant adopté de ma chère patrie,

« Près de moi succombât en me rendant la vie ?

« Cependant le venin ronge et brûle son flanc ;

« Un fluide jaunâtre a corrompu son sang.

« Mais la religion éveille sa pensée

« Sur une mère en pleurs tristement délaissée :

« Il l'appelle et gémit : il tend en vain ses bras ;

« Il soupire après elle et ne la verra pas.

« Tout à coup près de lui quelle scène touchante !

« La terre retentit, la foule accourt tremblante :

« Elle pleure, elle crie : elle tombe à genoux :

« Grand Dieu, daigne calmer ton effrayant courroux.

« Hélas ! jusqu'à la mort le malheureux espère :

« Sur des ailes de feu la fervente prière

« Vole et s'évanouit aux pieds de l'Eternel :

« Tous les cœurs, tous les yeux, s'élancent vers le Ciel.

« Non, il n'est plus d'espoir : ses compagnons fidèles

« Sondent avec effroi les douleurs fraternelles :

« L'Humanité, tremblante, en proie à ses soupirs,

« Gémit, pleure, le voit au rang de ses martyrs.

« Sa suprême heure sonne.... on est muet d'attente :

« Mais par respect la Mort à pas lents se présente :

« Dans le transport brûlant d'une extase d'amour,

« Pour la dernière fois Mazet a vu le jour :

« Un instant, il a cru recouvrer tout son être :

« Avec délice il pense aux lieux qui l'ont vu naître :

« Les rêves de son cœur s'offrent de toutes parts ;

« Vers sa patrie heureuse il tourne ses regards.

« Dans son délire, il voit la mère qu'il adore :

« Il lui parle, il l'embrasse, il la retient encore :

« Et d'un accent ému qui déchire le cœur,

Tendre mère, dit-il, Ah ! calme ta douleur ;

Vois nos fronts rayonnans d'une gloire éternelle ;

Notre Roi présentait une palme immortelle :

La palme est au héros qui sait vaincre ou mourir.

Pouvions-nous hésiter ? l'Espagne allait périr.

Puisque le monde entier a l'Éternel pour père,

Dans tout homme souffrant j'ai dû trouver un frère.

Notre religion prescrit de nous unir :

Mon cœur me dit bien plus, c'est de nous soutenir :

Pense à notre patrie, allége sa souffrance ;

Vois les pressans dangers qu'allait courir la France ;

Songe au fils bien aimé qui meurt pour son pays....

O France ! ô mère.....

   « Hélas, tel qu'un jeune et beau lis

« Sur nos bras défaillans sa tête s'est penchée ;

« Aux stupeurs de la mort notre âme est arrachée.

« Espagnols et Français confondent leurs douleurs :
« Tous les cœurs sont brisés, les yeux fondent en pleurs :
« Sur le funèbre lit, ainsi que sur un trône,
« La sensibilité vient poser la couronne :
« O vertu ! quel triomphe ! au céleste séjour
« Les anges porteront nos regrets, notre amour ;
« Que vois-je autour de moi ? notre reconnaissance
« Vous presse, vous poursuit, ô héros de la France :
« Des mères, des vieillards, des époux, des amans,
« Baisent avec respect vos mains, vos vêtemens.
« Ils ont tous recouvré des objets de tendresse....
« Sur vos pas l'on se traîne en pleurant d'alégresse :
« Vous repoussez en vain nos vœux et nos soupirs :
« Votre pudeur modeste enflamme nos désirs :
« Qui pourrait nous guider après tant d'infortunes ?
« Qui saurait adoucir nos disgrâces communes ?
« Vous seul avez tout fait. La Catalogne en pleurs
« Sans vous survivrait-elle à de si grands malheurs,
« Demeurez près de nous ; soulagez nos misères :
« Les enfans seront-ils délaissés par leurs pères ?

« Vous, dans tous les bienfaits, que l'on voit de moitié,
« Sœurs de la Providence, anges de la pitié,
« Pourra-t-on vous ravir nos plus pressans hommages ?
« Aurait-on oublié vos saints pélerinages ?
« Par vous seules, par vous, dans le combat mortel
« L'athée est converti, pleure, entrevoit le Ciel ;

« Parmi nous, votre approche arrêta la souffrance :
« Sur le bord du tombeau vint s'asseoir l'Espérance.
« Pour pouvoir nous sauver vous reposâtes-vous ?
« N'est-ce donc plus à pied que vous veniez vers nous ?
« Les neiges, les torrens de nos hautes montagnes,
« La désolation des villes, des campagnes,
« Redoublaient votre zèle, et la nuit et le jour
« Votre pitié volait sur l'aile de l'amour.
« En vos climats ainsi, sur un champ de bataille
«Pour panser les mourans vous braviez la mitraille.
« Quels ennemis pouvaient inspirer de l'effroi
« A des cœurs tout brûlànt de ferveur et de foi?
« L'accent de la douleur, le plus hideux ravage,
« Ne purent affaiblir, lasser votre courage.
« Aux lieux où le danger paraissait imminent,
« Vous trouviez votre place auprès du plus souffrant,
« Et lui montrant le ciel au-delà de la vie,
« Vous faisiez de sa mort une douce agonie.
« Le temps qui détruit tout, qui sait tout éprouver,
« Respectera vos noms que le cœur sut graver.
« De vos bienfaits en vain vous perdez la mémoire.
« Oui, sur la terre, au ciel, on trahit votre gloire.
«Pour vous récompenser, confondant tous leurs droits,
« Oui, l'on verrait s'unir les hommes et les rois.
« Mais que sont les trésors pour l'âme la plus belle,
« Qui ne voit et n'agit que par Dieu qui l'appelle !
« Honorer votre vie est chérir la vertu,
« L'imiter, conquérir un ciel long-temps perdu.

« Mais quel lugubre son nous fait déjà pâlir ?

« C'est un chant douloureux, faut-il deux fois mourir !
« Infortuné Mazet, la terre te réclame!

« Soudain des cris perçans ont déchiré notre âme ;

« On le porte en triomphe au temple du Seigneur.

« Descendez, saints martyrs, récréez notre cœur.

« Et toi qu'a précédé notre terreur profonde,

« Ouvre un sein paternel, ô doux Sauveur du monde !

« Vers toi l'âme du juste a déjà pris l'essor :

« Anges, à son aspect, prenez vos harpes d'or.

« Après les derniers vœux de nos touchans cantiques,

« Le respect en pleurant a porté ces reliques.

« On prie, on les dépose en ce funèbre lieu ;

« L'amour leur dit, hélas! un éternel adieu.

« Mon père serait-il le seul dans Barcelonne

« Qui pût haïr encore ?

        — O ! ma fille, pardonne !
Pourrai-je donc haïr quand tu sais tant aimer ?
Fermerai-je ce cœur que tu viens de charmer ?
Non, non ; puisqu'aux Français je dois ton existence,
Cette tombe a parlé , j'abjure la vengeance.
Du palais de Téthys quelle divinité
Sort brillante de feux, de grâces, de beauté ?
Le soleil reparaît. . . . Fuyez, sombres nuages. , . . .
Une haleine embaumée agite ces feuillages.
Vois les zéphyrs plaintifs déserter nos bosquets :
Vers la France attendrie ils portent nos regrets.

Quel éclat enchanteur apparaît à ma vue !
Est-ce la cour céleste en ces lieux descendue ?
« La terre refleurit : Apollon radieux
« Guide des chastes Sœurs les chœurs mélodieux.
« Entends-tu résonner la trompette héroïque !
« Clio chante en tressant la couronne civique.
« Dans le temple agrandi de l'Immortalité,
« A l'autel de l'Honneur, je vois l'Humanité.
« Mais quel nouvel hommage aux vertus, à la gloire !
Le Temps s'arrête auprès des filles de Mémoire.
Hygie a ses exploits ainsi que ses travaux ;
Et la paix et la guerre enfantent les héros.

France, réjouis-toi, prépare tes guirlandes :
L'Espagnol éploré t'apporte ses offrandes.
Dresse un trône de lis, rayonnant de splendeurs.
Ton Roi va dispenser les grâces, les faveurs.
Tout renaît à mes yeux.... Entends cette harmonie :
Inès, ah ! jette encor quelques fleurs sur ma vie.
Adieu, Mazet, adieu ! le calme le plus doux
Succède au bruit lointain des Autans en courroux.

DE L'IMPRIMERIE DE P. DUFONT, HOTEL DES FERMES.